Sara Compton/Edward Packard/Jim Razzi

Das große Buch der 1000 unheimlichen Gefahren

1000 Gefahren
1000 Gefahren
1000 Gefahren

WARNUNG!

Dieses Buch ist nicht wie andere Bücher, die du bisher gelesen hast. Du bist nämlich die Hauptfigur und entscheidest, was als Nächstes geschieht. In diesem Buch stecken viele verschiedene Geschichten, sodass du es immer wieder lesen kannst und es trotzdem jedes Mal anders ausgeht.

Doch Vorsicht: In diesem Buch stecken auch drei verschiedene Bände der Reihe „1000 Gefahren“. Die Bände sind unabhängig voneinander durchnummeriert, sodass es jede Seitenzahl dreimal gibt. Darauf solltest du achten, wenn du eine Entscheidung getroffen hast und zu der angegebenen Seite blätterst.

Und jetzt viel Spaß mit dem Abenteuerbuch der 1000 Gefahren!

Sara Compton/Edward Packard/Jim Razzi

Das große Buch der 1000 unheimlichen Gefahren

Ravensburger Buchverlag

Bibliografische Information der Deutschen Nationalbibliothek:

Die Deutsche Nationalbibliothek verzeichnet diese Publikation
in der Deutschen Nationalbibliografie.
Detaillierte bibliografische Daten sind im Internet
über **http://dnb.d-nb.de** abrufbar.

3 2 1 11 10 09

Die Sonderausgabe enthält die Bände „*Gestrandet!*“ von Sara Compton und
„*Der fliegende Teppich*“ von Jim Razzi mit Illustrationen von Stefan Rogge sowie
„*Hilfe, ich schrumpfe!*“ von Edward Packard mit Illustrationen von Claus Danner.

Die Originalausgabe erschien 1989 bei Bantam Books
unter dem Titel „*Stranded!*“
CHOOSE YOUR OWN ADVENTURE Bd. 50

Die Originalausgabe erschien 1983 bei Bantam Books
unter dem Titel „*Help! You are shrinking*“
CHOOSE YOUR OWN ADVENTURE Bd. 7

Die Originalausgabe erschien 1985 bei Bantam Books
unter dem Titel „*The Flying Carpet*“
CHOOSE YOUR OWN ADVENTURE Bd. 25

Published by Arrangement with Edward B. Packard jr.

Dieses Werk wurde vermittelt durch die
Literarische Agentur Thomas Schlück GmbH
30827 Garbsen

Umschlagillustration: Jan Birck
Aus dem Amerikanischen von Simone Wiemken

Printed in Germany

ISBN 978-3-473-34827-5

www.ravensburger.de

Sara Compton

Gestrandet!

Edward Packard

Hilfe, ich schrumpfe!

Jim Razzi

Der fliegende Teppich

Mit Bildern von Stefan Rogge
und Claus Danner

Sara Compton

Gestrandet!

Mit Bildern von Stefan Rogge

Ravensburger Buchverlag

LIES DIES ZUERST!

Die meisten Geschichten handeln von anderen Leuten, aber dieses Abenteuer handelt von dir. Lies diese Geschichte nicht von der ersten bis zur letzten Seite, sondern fang vorne an und lies weiter, bis du zum ersten Mal wählen kannst. Entscheide, was du tun willst. Geh dann zu der angegebenen Seite. Dort erfährst du, was als Nächstes passiert.
Wenn du eine Geschichte ausgelesen hast, kannst du an den Anfang zurückblättern und dich für einen anderen Weg entscheiden.
Jede Wahlmöglichkeit entführt dich in ein neues aufregendes Abenteuer.

Bist du bereit, dich von der Insel retten zu lassen, auf der du gestrandet bist? Dann schlag die nächste Seite auf – und viel Glück!

Du fährst mit einem großen Dampfer über den Pazifischen Ozean, begleitet von deiner Tante Rosi und deiner Cousine Linda. Anfangs hast du dich gefreut, als sie dich zu dieser Reise einluden, doch nach drei Tagen auf See wünschst du dir beinahe, zu Hause geblieben zu sein.
Das Problem ist Linda. Sie ist nur acht Monate älter als du, aber sie sagt dir immer, was du tun sollst. Obwohl du sie nie nach ihrer Meinung fragst, sagt sie dir ständig, was du zum Frühstück bestellen, welches Hemd du anziehen und sogar, wann du ins Bett gehen sollst!
Aber jetzt hast du es endlich geschafft, Linda loszuwerden. Du hast ihr vorgeschlagen, Verstecken zu spielen. Als du sie das letzte Mal gesehen hast, rannte sie gerade auf ein paar große Kisten zu, um sich dort zu verkriechen.
Du lächelst bei dem Gedanken an Linda, die hinter einer Kiste hockt und darauf wartet, dass du sie findest. Du schaust auf das türkisblaue, ruhig daliegende Meer hinaus. Dann siehst du zum Horizont. Plötzlich bekommst du einen Schreck. Ein Berg aus Wasser kommt auf dich zu. Eine riesige, alles verschlingende Welle!

➔ **Lies weiter auf Seite 12**

Erschöpft kletterst du auf die riesige Kiste und streckst dich im warmen Sonnenlicht darauf aus. Das sanfte Schaukeln der Wellen lässt dich schon bald einschlafen.
Ein paar Stunden später wirst du wach, weil die Kiste im flachen Wasser auf Grund stößt. Vor dir liegt ein Sandstrand und dahinter beginnt üppiger Tropenwald.
Du kannst es kaum erwarten, wieder festes Land unter den Füßen zu haben! Du springst von der Kiste, die sofort ein kleines Stück davontreibt.
Vielleicht solltest du versuchen, sie ans Ufer zu ziehen. Sie könnte etwas enthalten, das du brauchen kannst. Doch der Gedanke, noch länger im Wasser zu bleiben, nachdem du gerade fast ertrunken bist, lässt dich zögern.

➔ **Wenn du versuchen willst, die Kiste ans Ufer zu ziehen, lies weiter auf Seite 28**
➔ **Wenn du beschließt, die Kiste davontreiben zu lassen, lies weiter auf Seite 16**

Du rennst auf den Baum zu. Der Gorilla ist zwar schneller als du, aber du hast den kürzeren Weg. Trotzdem spürst du seinen Atem im Rücken, während du einen Ast packst und dich daran hochziehst.
Nachdem du dich auf dem Baum in Sicherheit gebracht hast, schaust du auf den Gorilla hinab. Du kannst es nicht lassen, ihn zu ärgern.
„Pech für dich!“, schreist du hinunter. „Zu schade, dass Gorillas nicht auf Bäume klettern können!“
Du merkst jedoch schnell, dass sie das auch nicht zu können brauchen, denn dein Baum fängt bedrohlich an zu schwanken. Wenn ein Gorilla etwas haben will, das in einem Baum hängt, dann schüttelt er es herunter!
Du beginnst dich zu fragen, wer wohl länger aushält, der Gorilla oder du. Bald wirst du es wissen.

ENDE

Du starrst entsetzt auf die riesige Welle, die schnell näher kommt. Sie türmt sich hoch über den Dampfer, verdunkelt die Sonne, und dann – **KLATSCH!**
Die Kraft des Wassers reißt dich über Bord und lässt dich ins aufgewühlte Meer stürzen. Eine andere Welle schleudert dich wieder hoch in die Luft. Du schaffst es gerade noch, einmal kurz nach Luft zu schnappen, bevor du untergehst. Beim Wiederauftauchen siehst du den Dampfer davonfahren. Anscheinend hat niemand gemerkt, dass du über Bord gefallen bist!

➔ **Lies weiter auf Seite 22**

„Wir haben schon einen Funkspruch abgesetzt. Deine Tante Rosi weiß, dass ihr nach Hause kommt“, sagt der Kapitän des Frachters. „Von all den Leuten, die über Bord gespült wurden, seid ihr die letzten, die gefunden wurden.“
Der Frachter nimmt Fahrt auf, und du winkst Utu zu, bis du ihn nur noch als winzigen Punkt am Strand erkennen kannst.
Du bist zwar jetzt auf dem Weg nach Hause, doch irgendwie kommt es dir vor, als würdest du von zu Hause wegfahren. Du wirst deine neuen Freunde und ihr Inselparadies schrecklich vermissen. Wenn ich anstelle von Utu doch nur meine Cousine Linda zurücklassen könnte!, denkst du dir.

ENDE

Was auch immer in dieser Kiste steckt, ist jetzt bestimmt ganz nass und eklig, denkst du dir und siehst zu, wie eine große Welle die Kiste davontreibt.
Du rennst über den Strand auf eine Steilklippe zu. Wenn du hinaufkletterst, wirst du bestimmt einen guten Blick über die ganze Insel haben und auch sehen, wo du etwas zu essen findest. Doch bevor du die Klippe erreichst, entdeckst du einen Pfad, der in den Urwald führt. Vielleicht wird dich dieser Pfad zu etwas Ess- oder Trinkbarem führen, doch du musst vorsichtig sein. Du könntest auf den Menschen – oder das Tier – treffen, der den Pfad angelegt hat.

➔ **Wenn du beschließt, dem Pfad zu folgen, lies weiter auf Seite 44**

➔ **Wenn du die Klippe hochklettern willst, lies weiter auf Seite 30**

Hastig durchsuchst du den Inhalt von Lindas Rucksack: Lippenstift, Lockenstab, Barbiepuppe, aber kein Spiegel. In deiner Verzweiflung öffnest du auch Barbies Handtasche, und tatsächlich, da ist einer!
Linda schreit noch immer zu dem Supertanker hinüber, während du gelassen den winzigen Spiegel auf die Sonne richtest. Du sendest das internationale Notsignal in Form von Lichtzeichen.
Der Spiegel ist zwar nur klein, doch es funktioniert! Der Tanker wendet langsam und fährt auf euch zu.
„Ich habe uns gerettet!“, kreischt Linda. Sie sieht dich vorwurfsvoll an. „Und du hast nur nutzlos danebengestanden!“

Lies weiter auf Seite 38

Du lächelst dem Gorilla zu, in der Hoffnung, dich mit ihm anzufreunden. Der Gorilla brüllt zum zweiten Mal, doch diesmal wesentlich leiser.
Du lässt dich langsam zu Boden sinken und bleibst ruhig sitzen, obwohl weitere Gorillas auftauchen. Einer von ihnen frisst eine saftige Frucht. „Das sieht aber lecker aus", sagst du. Die Gorillas wirken jetzt entspannter, und dir geht es genauso. „Ein niedliches Kind", sagst du zu einer Gorillamutter, die ihr Junges mit sich herumträgt.
Du sprichst, bis die Gorillas dir nicht mehr zuhören. Sie beachten dich gar nicht mehr, und so wagst du es, sehr vorsichtig ein Stück von einer Frucht aufzuheben.
Es schmeckt toll und dasselbe gilt für all die anderen Früchte, Nüsse und Pflanzen, die deine neuen Freunde dir zeigen.
Schon kurze Zeit später bist auch du im Urwald zu Hause. Du willst natürlich immer noch in dein richtiges Zuhause zurück, doch im Augenblick bist du zumindest in Sicherheit im Urwald.

ENDE

Du weißt, dass Linda Recht haben könnte. „Es kann gefährlich sein“, sagst du und wirfst einen ängstlichen Blick in den dichten Urwald. „Aber woher sollen wir Essen und Wasser bekommen?“
Linda zeigt auf die großen Muschelschalen, die überall am Strand liegen. „Wir können Regenwasser sammeln“, sagt sie. Dann kippt sie den Inhalt ihres Rucksacks aus. „Und ich habe genug Schokoriegel für einen ganzen Monat dabei!“
„Ich weiß nicht recht“, sagst du. „Vielleicht ist es wirklich sicherer, hierzubleiben. Aber ich glaube nicht, dass wir von Schokoriegeln leben können. Im Urwald finden wir bestimmt Früchte oder Nüsse.“

Wenn du am Strand bleiben und auf Hilfe warten willst, lies weiter auf Seite 50

Wenn du Linda überreden willst, mit dir die Insel zu erforschen, lies weiter auf Seite 42

Du versuchst, den Kopf über Wasser zu halten, aber du wirst herumgewirbelt wie ein Spielzeug. Doch gerade, als du glaubst, es nicht mehr aushalten zu können, hört das Gewirbel auf. Mit letzter Kraft schwimmst du auf das Einzige zu, was dich retten könnte – eine der großen Holzkisten, die auch ins Wasser gefallen ist und nun in deiner Nähe treibt.

Lies weiter auf Seite 8

Du hast die Kuppe des Hügels fast erreicht und freust dich schon darüber, wieder den blauen Himmel und die Sonne zu sehen. Du kommst erleichtert lächelnd um die letzte Kurve und trittst auf eine Lichtung hinaus. Doch das Lächeln verschwindet schlagartig von deinem Gesicht und du bleibst wie angewurzelt stehen. Nur wenige Meter von dir entfernt steht ein Gorilla mitten auf dem Pfad – und auch er lächelt nicht!

Lies weiter auf Seite 32

„Lass mich das jetzt hier machen“, sagt Linda nach eurer Landung am Strand. Sie wendet sich an die Eingeborenen. „Bringt mich zum nächsten Telefon!“, befiehlt sie großspurig.
Die Menschen starren dich und Linda verständnislos an. Dir kommt eine Idee. Du schenkst den Eingeborenen die letzten Schokoriegel, ohne dich um Lindas Einwände zu kümmern. Dann tust du so, als würdest du mit einem Kanu zu einem großen Schiff hinauspaddeln.
Schon bald haben die Eingeborenen verstanden und bringen dich und Linda mit einem Kanu zum nächsten Schiff. Ihr seid gerettet!

ENDE

„Streng dich an!“, befiehlst du dir selbst, packst den Felsvorsprung und ziehst dich daran hoch. Es kostet dich zwar all deine Kraft, doch du schaffst es. Auf dem Vorsprung bleibst du erschöpft liegen und schnappst nach Luft. Nachdem du dich erholt hast, kletterst du weiter, bis du ganz oben auf der Klippe stehst.
Die Kletterei hat sich gelohnt. Was für eine Aussicht! Du entdeckst einen Wasserfall und ein paar Obstbäume und lässt deinen Blick über das endlose, vollkommen leere Meer schweifen. Du pflückst dir ein Bündel Bananen und machst dich auf den Weg zum Wasserfall.

Lies weiter auf Seite 40

Du entscheidest dich dafür, die Kiste aus dem Wasser zu holen. Du drückst sie in Richtung Strand und schiebst sie so weit auf den nassen Sand, wie du kannst. Noch während du überlegst, wie du sie öffnen sollst, springt der Deckel auf, und aus dem Innern der Kiste erscheint ein verblüfftes Gesicht, das dir nur allzu gut bekannt ist. „Oh, nein!“, rufst du. „Nicht du!“
„Glotz mich nicht so an!“, faucht deine Cousine Linda. „Hilf mir lieber aus dieser Kiste heraus!“
Nachdem du ihr geholfen hast, schüttelt sie sich das Wasser aus den Ohren und holt ein Taschentuch aus ihrem Rucksack, um sich damit das Gesicht abzutrocknen.
„Komm mit“, sagst du. „Lass uns die Umgebung erforschen.“
„Wir gehen ganz bestimmt nicht in diesen Urwald“, entgegnet Linda eisig. „Wir werden so lange am Strand bleiben, bis uns jemand rettet. In diesen Urwäldern gibt es Unmengen von gefährlichen Tieren, riesige Käfer und giftige Pflanzen.“
Die können auch nicht schlimmer sein als eine Cousine, die alles bestimmen will, denkst du.

➔ **Lies weiter auf Seite 20**

Du wanderst bis zum Fuß der Klippe. Sie ist mindestens zwanzig Meter hoch. Trotzdem holst du tief Luft und beginnst zu klettern. Es ist schwierig, an dem glatten Gestein einen festen Halt zu finden, und du wagst nicht, nach unten zu sehen.

Als du es schon fast geschafft hast, spürst du, wie das Gestein unter deinen Füßen nachgibt. Direkt über deinem Kopf ist jedoch ein Vorsprung, der ziemlich stabil aussieht. Du bist dir nicht sicher, ob du noch genug Kraft hast, dich hochzuziehen. Aber wenn du es schaffst, müsste der Rest der Kletterei ein Kinderspiel sein. Vielleicht ist es doch sicherer, wenn du dich wieder herunterrutschen lässt und nach einem anderen Weg suchst. Aber was ist, wenn du damit einen Steinschlag auslöst?

➔ **Wenn du versuchen willst, dich auf den Vorsprung zu ziehen, lies weiter auf Seite 26**

➔ **Wenn du beschließt, dich herunterrutschen zu lassen, um dann nach einem anderen Weg auf die Klippe zu suchen, lies weiter auf Seite 46**

Der Gorilla trommelt sich auf die Brust und brüllt. Du zitterst vor Angst, doch du zwingst dich, stehen zu bleiben und nachzudenken.

➔ **Wenn du versuchen willst, den Gorilla zu vertreiben, indem du zurückbrüllst, lies weiter auf Seite 35**

➔ **Wenn du es vorziehst, dich mit dem Gorilla anzufreunden, lies weiter auf Seite 18**

Von einem Gorilla lasse ich mir keine Vorschriften machen, denkst du dir. Du holst tief Luft, trommelst dir auf die Brust und brüllst so laut du kannst: **„UUUUUUAAAAAA!"**
Der Gorilla springt ein paar Meter zurück. Es scheint ihn zu wundern, dass ein Wesen von deiner Größe so mutig und vor allem so laut sein kann.
Etwa zwei Meter von dir entfernt steht ein Baum. Vielleicht solltest du versuchen, dich auf ihm in Sicherheit zu bringen, solange der Gorilla abgelenkt ist. Wenn du erst einmal auf dem Baum bist, kann er dir nichts mehr tun.
Du könntest aber auch stehen bleiben. Überleg doch nur, wie deine Freunde dich bewundern werden, wenn du ihnen später erzählst, dass du einen Gorilla in die Flucht getrieben hast!

➔ **Wenn du stehen bleiben willst, lies weiter auf Seite 56**

➔ **Wenn du zum Baum rennen willst, lies weiter auf Seite 10**

Linda schreit immer lauter zu dem Supertanker hinüber, während du zu dem Kanu hinausschwimmst. Doch als du endlich mit dem Kanu bei ihr ankommst, ist der Tanker verschwunden. „Wenn du mitgerufen hättest, wären wir bestimmt gerettet worden“, knurrt sie beim Einsteigen.
Du paddelst auf die Insel zu, doch ihr kommt nur langsam voran. Du bist es eben nicht gewöhnt, ein Kanu durch den Ozean zu steuern! Am Strand versammeln sich immer mehr Leute, um euch in Empfang zu nehmen.

➔ **Lies weiter auf Seite 25**

„Ich hatte für einen Tag genug Abenteuer", sagst du. „Mein Kopf tut weh und ich will mich nicht bewegen."
Der Junge scheint dich zu verstehen. Er schiebt sein Kanu wieder ins Wasser und paddelt davon. Du schaust ihm nach, bis er nicht mehr zu sehen ist.
Erst dann fällt dir auf, dass er getrockneten Fisch und Kokosmilch für dich zurückgelassen hat. „Anscheinend war er doch ein Freund", stellst du fest.

Lies weiter auf Seite 58

Erst als der Kapitän euch an Bord seines Schiffes willkommen heißt, erfährt Linda, was wirklich passiert ist.

„Na und?", schnauft sie. „Immerhin war ich diejenige, die klug genug war, einen Spiegel dabeizuhaben."

Der Kapitän blinzelt dir zu und sagt zu Linda: „Jemanden dabeizuhaben, der weiß, wie man ein Notsignal sendet, war sogar noch klüger."

Du und der Kapitän fangen an zu lachen, und Linda stürmt empört davon.

ENDE

Nach einer Dusche unter dem Wasserfall dringst du weiter ins Innere der Insel vor.
Im Laufe der nächsten Tage schaust du dir fast die ganze Insel an. Du entdeckst sogar eine Gruppe Gorillas – aber keinen einzigen Menschen. Früchte und Nüsse halten dich am Leben, und du baust dir ein Baumhaus aus Treibholz.
Eines Tages fliegt ein Flugzeug über die Insel. Es ist zu weit weg, um dich zu sehen, doch es bringt dich auf eine Idee.
Die nächsten Tage verbringst du damit, große Steine auf eine Lichtung zu schleppen. Dort legst du sie zu dem riesengroßen Wort **HILFE** aus.
Dein Plan funktioniert. Ein Wasserflugzeug holt dich ab, und wenige Tage später bist du wieder zu Hause und kannst eine unglaubliche Geschichte erzählen. Nur von Bananen hast du für lange Zeit genug!

ENDE

32

„Wir können nicht ewig von Schokolade leben“, sagst du. „Wir müssen etwas Richtiges zu essen finden. Ich bin deshalb dafür, dass wir die Insel erforschen.“

„Also gut, wir können am Strand entlanggehen“, sagt Linda zögernd.

Unterwegs findet ihr ein paar Beeren und Unmengen von Bananen. Der Strand macht einen Bogen, und dahinter entdeckt ihr eine weitere Insel am Horizont. Von ihr schallen Trommeln und Gesang zu euch herüber.

In der Brandung treibt ein kleines Kanu. „Lass uns hinschwimmen und es holen!“, schlägst du vor. „Mit ihm können wir zu der Insel hinüberfahren. Dort wohnen Menschen!“

Lies weiter auf Seite 52

Vorsichtig folgst du dem Pfad und betrittst den Urwald. Das Blätterdach über dir ist so dicht, dass es bei jedem Schritt dunkler wird. Insekten umschwirren dich und stechen dich überall.
Du hoffst, dass sie nicht giftig sind, denn es gibt nichts, mit dem du dich gegen sie wehren könntest.
Du folgst dem gewundenen Pfad und versuchst, nicht daran zu denken, was hinter der nächsten Kurve auf dich lauern könnte. Du gehst langsam und passt sehr auf, wohin du trittst, denn du bist dir sicher, dass die Giftschlangen schon auf dich warten.
Dein Herz klopft bis zum Hals, und du musst dich durch dornige Ranken zwängen, die so dick sind wie dein Arm. Irgendwann fällt dir auf, dass der Pfad auf einen steilen Hügel hinaufführt.

Lies weiter auf Seite 23

Du kannst es nicht erwarten, einen anderen Weg auf die Klippe zu suchen, und lässt dich den Felshang hinuntergleiten, so schnell du kannst. Doch mit dir kommen auch Felsbrocken ins Rutschen. Der Sandstrand ist nur noch etwa zwei Meter von dir entfernt, als ein Felsbrocken dich am Hinterkopf trifft. Vor deinen Augen wird alles schwarz.
Als du wieder zu dir kommst, schaust du direkt in die braunen Augen eines Jungen, der etwa in deinem Alter ist.
„O pao!“, sagt er und deutet auf ein Kanu, das am Strand liegt. „Unga woh!“
Du weißt nicht, ob er ein Freund oder ein Feind ist, aber eines weißt du ganz genau: Solche Kopfschmerzen hattest du noch nie!

Wenn du mit dem Jungen gehen willst, lies weiter auf Seite 54

Wenn du bleiben willst, wo du bist, lies weiter auf Seite 37

Eure Retter erweisen sich als die nettesten Leute, die du je getroffen hast. Sie teilen ihr Essen und ihre Hütten mit euch, und ihr lernt schnell, ihre Sprache zu verstehen.
Eines Tages gehst du mit deinem neuen Freund Utu auf Nahrungssuche. „Dort drüben gibt es Unmengen von Bananen“, sagst du und zeigst auf die Insel, auf der du gestrandet bist.
„Die Insel gehört den Gorillas“, erklärt Utu. „Sie nehmen uns nicht unser Essen weg und wir ihnen nicht ihres.“
Eine Woche später taucht ein großer Frachter am Horizont auf. Die Dorfbewohner zünden am Strand ein riesiges Feuer an, und kurz darauf trifft eine Rettungsmannschaft ein, die euch mitnimmt.

Lies weiter auf Seite 15

Du entscheidest, dass es sicherer ist, am Strand zu bleiben. Lindas Schokoriegel reichen nur zwei Tage, doch das macht dir nichts aus. Nach dreiundvierzig Schokoriegeln hast du ohnehin keinen Appetit mehr. Und das Letzte, was du jetzt tun willst, ist, in den Urwald zu gehen und dort nach Nahrung zu suchen.
Linda macht sich gar keine Sorgen. „Ist doch egal, dass wir keine Schokoriegel mehr haben“, sagt sie. „Ich weiß, was wir als Nächstes tun werden.“
„Was denn?“, fragst du.
„Wir verbrennen das Papier“, antwortet sie. „Irgendjemand wird das Feuer sehen und uns retten.“
Du glaubst nicht, dass das so einfach ist, doch das sagst du Linda lieber nicht. Sie würde dir ohnehin nicht zuhören. Und außerdem sieht es so aus, als müsstet ihr beide eine lange Zeit miteinander verbringen.
Die Insel ist von nun an euer neues Zuhause.

ENDE

Plötzlich fängt Linda an zu schreien und auf- und abzuspringen. Dabei starrt sie aufs Meer hinaus.
Dort ist ein Supertanker zu sehen! Linda versucht, seine Besatzung auf euch aufmerksam zu machen.
„Er ist viel zu weit weg, um uns zu bemerken", sagst du hoffnungslos zu Linda. „Wenn wir nur einen Spiegel hätten, dann könnten wir ein Notsignal senden!"
Dein Blick fällt auf Lindas Rucksack. Du hast zwar keinen Spiegel dabei, aber vielleicht hat Linda einen.
Doch im selben Augenblick stellst du fest, dass das Kanu immer weiter abtreibt. Wenn du es dir nicht sofort holst, wird es zu spät sein!

➔ **Wenn du Lindas Rucksack nach einem Spiegel durchsuchen willst, lies weiter auf Seite 17**
➔ **Wenn du zum Kanu hinausschwimmen willst, bevor es zu weit abtreibt, lies weiter auf Seite 36**

Der Junge lächelt und gibt dir etwas Kokosmilch und getrockneten Fisch. Gemeinsam schiebt ihr das Kanu ins Wasser und steuert die nächste Insel an.

Alle Bewohner aus dem Dorf des Jungen sind gekommen, um dich zu begrüßen. Unter all den fremden Gesichtern entdeckst du eines, das dir nur allzu vertraut ist.

„Linda!“, rufst du. „Wie kommst du denn hierher?“

„Ich bin in dieser Kiste ans Ufer getrieben“, sagt sie und zeigt auf die Holzkiste, die dir das Leben gerettet hat, nachdem du über Bord gespült wurdest.

Lies weiter auf Seite 48

„Du hältst dich wohl für sehr stark“, sagst du frech und rührst dich nicht von der Stelle. „Dann hör dir das einmal an!“ Du trommelst dir wieder auf die Brust und stößt einen weiteren Furcht einflößenden Schrei aus.
Der Gorilla starrt dich an. Er hat dich gewarnt. Jetzt bleibt ihm keine andere Wahl: Er muss sich verteidigen.
Er greift so schnell an, dass dir gerade noch Zeit bleibt, dich an ein Schild zu erinnern, das du einmal im Zoo gesehen hast:

BITTE DIE TIERE NICHT NECKEN

Zu schade, dass du nicht früher daran gedacht hast.

ENDE

ZO

Der Junge ist für lange Zeit der letzte Mensch, der dir begegnet ist. Jahre später wirst du von einem vorbeifahrenden Schiff entdeckt und gerettet.
Wieder zu Hause bittet man dich, im Fernsehen aufzutreten. Doch das kannst du nicht. Du warst so lange auf der Insel, dass du ganz vergessen hast, wie man spricht!

ENDE

Für alle, die gern größer oder kleiner, dünner oder dicker wären. Und auch für die, die nicht anders sein wollen.

Edward Packard

Hilfe, ich schrumpfe!

Mit Bildern von Claus Danner

Ravensburger Buchverlag

LIES DIES ZUERST!

Die meisten Geschichten handeln von anderen Leuten, aber in diesem Abenteuer bist du die Hauptperson. Was du erlebst, hängt von deinen Entscheidungen ab.

Lies dieses Buch nicht von der ersten bis zur letzten Seite, sondern fang vorne an und lies weiter, bis du zum ersten Mal wählen kannst. Entscheide, was du tun willst. Geh dann zu der angegebenen Seite. Dort erfährst du, was als Nächstes passiert.

Wenn eine Geschichte zu Ende ist, kannst du an den Anfang zurückblättern und einen anderen Weg wählen. Jede Entscheidung führt dich in ein neues Abenteuer. Aber sei vorsichtig! Wenn du nicht aufpasst, wirst du vielleicht immer kleiner, und wer weiß, was dann passiert?

VORSICH
NICHT BER
PROF. RIG
ENTE NTE

Du streifst mit deinem Hund Wuschel durch das hohe Schilfgras in der Nähe desEntenteichs. Wuschel ist ein großer hellbrauner Hund mit struppigem Fell. Und er ist dein bester Freund. Du willst Frösche fangen, doch stattdessen fällt dein Blick auf eine große Flasche, die an einem umgefallenen Baumstamm lehnt. Auf dem Etikett steht:

Vorsicht!
Nicht berühren!
Bitte zu Professor Riga
Ententeichweg 14
zurückbringen!

Die Flasche hat keinen Deckel und ist bis zur Hälfte mit einer blauen Flüssigkeit gefüllt.

Wenn du die Flasche aufheben willst, lies weiter auf Seite 8

Wenn du sie liegen lassen willst, lies weiter auf Seite 10

Du hebst die Flasche auf, doch sie ist feucht und rutscht dir aus der Hand. Die Flasche fällt auf den Boden und etwas von der Flüssigkeit spritzt auf deinen Arm. Du solltest lieber schnell zum Ententeich laufen und das Zeug abwaschen. Aber auf dem Weg zum Teich stolperst du über den Baumstamm. Er erscheint dir plötzlich größer als vorher. Auch das Gras scheint vor deinen Augen zu wachsen und die Bäume schießen geradezu in den Himmel. Hilfe, du wirst immer kleiner!

Wenn du deinen Arm im Teich abwaschen willst, lies weiter auf Seite 12

Wenn du nach Hause laufen willst, um Hilfe zu holen, lies weiter auf Seite 28

Du lässt die Flasche liegen.
„Komm da weg“, sagst du zu Wuschel.
Aber Wuschel beschnuppert die Flasche, sieht dich fragend an und läuft plötzlich in Richtung Wald. Wohin ist Wuschel bloß gelaufen? Wahrscheinlich jagt er ein Kaninchen. Du suchst ihn im Gebüsch. Auf einmal kommt ein kleiner hellbrauner Hund auf dich zu und springt an dir hoch, als würde er dich kennen.
Meine Güte, es ist Wuschel! Aber er ist jetzt ganz klein! Der arme Hund schrumpft vor deinen Augen. Dein Blick fällt auf die Flasche. Sie ist umgekippt und ein Teil der Flüssigkeit ist ausgelaufen.
Du musst Wuschel zum Tierarzt bringen.
Du willst ihn auf den Arm nehmen, doch dann hältst du plötzlich inne. Wirst du auch schrumpfen, wenn du ihn berührst?

- **Wenn du nach Hause läufst, um für Wuschel Hilfe zu holen, lies weiter auf Seite 17**
- **Wenn du Wuschel nach Hause trägst, lies weiter auf Seite 18**
- **Wenn du Wuschel und die Flasche nach Hause trägst, lies weiter auf Seite 20**

Du willst dir die Flüssigkeit vom Arm waschen. Der Ententeich ist nur ein paar Meter entfernt, aber dir kommt es viel weiter vor. Du bahnst dir deinen Weg zwischen den riesenhaften Grashalmen hindurch, denn du bist nur noch ein paar Zentimeter groß.

Mitten auf dem Weg sitzt ein großes Tier, ein Ungeheuer mit riesigem Maul. Es hat ein schrecklich grünes Gesicht und hervorstehende Augen. Es ist ein Frosch!
Schnapp! Die lange Froschzunge schießt auf dich zu, doch du kannst im letzten Augenblick zur Seite springen.

Lies weiter auf Seite 14

Bsss. Über dir sausen schwarzgelbe Hubschrauber um riesige Gänseblümchen. Doch es sind gar keine Hubschrauber – es sind Hornissen. **Bsss.** Ihre Stacheln sehen aus wie lange Schwerter. Ein Stich würde deinen sicheren Tod bedeuten. Die größte Gefahr geht allerdings vom Frosch aus.

Du läufst in die andere Richtung. Kaum hast du dich vor dem Frosch in Sicherheit gebracht, siehst du dich einem Geschöpf mit schrecklichem Gesicht und monsterhaftem Gebiss gegenüber. Es ist eine Bisamratte und die ist jetzt größer als du. Dir bleibt keine Zeit zum Nachdenken, du musst ans Wasser, aber schnell.

- **Wenn du an der Bisamratte vorbeirennen willst, lies weiter auf Seite 22**
- **Wenn du unter den Hornissen hindurchlaufen willst, lies weiter auf Seite 24**

Du rennst nach Hause und erzählst deiner Mutter, was mit Wuschel passiert ist.
„Das glaube ich erst, wenn ich es sehe“, sagt sie. „Also, zeig mir Wuschel!“
Auf dem Weg zum Ententeich kommt plötzlich ein kleines Tier auf euch zu.
„Mama, sieh nur, es ist Wuschel!“
„Aber nein, das ist eine Maus!“ Du kannst es deiner Mutter nicht verdenken, dass sie ihren Augen nicht traut, doch du weißt ganz genau, wie eine Maus und wie Wuschel aussieht.
Plötzlich schleicht sich eine graue Katze an. Du kannst dein winziges Hündchen gerade noch vor ihren scharfen Krallen in Sicherheit bringen.
„Das war knapp“, sagt deine Mutter. „Aber was wird mit Wuschel geschehen, wenn wir nicht in der Nähe sind, um ihn zu beschützen?“
„Wir müssen uns noch einen großen Hund anschaffen, der auf Wuschel aufpasst“, schlägst du vor. „Was hältst du davon, Mama?“
„Gute Idee“, antwortet sie lächelnd. „Aber nur, wenn du versprichst, ihn vor merkwürdig aussehenden Flaschen fernzuhalten!“

ENDE

Du rennst mit Wuschel auf dem Arm nach Hause.
„Woher hast du diesen winzigen Hund?“, fragt deine Mutter zur Begrüßung. „Und wo ist Wuschel?“
Du fängst an, es ihr zu erklären, doch Wuschel wird immer kleiner.
„Meine Güte!“, ruft deine Mutter aus. „Wir müssen schnell zur Tierärztin mit ihm!“
Du steckst Wuschel vorsichtig in die Brusttasche deines Hemdes und springst ins Auto. Deine Mutter fährt wie der Blitz. Unterwegs hörst du leises Bellen aus deiner Brusttasche. Als ihr bei der Tierärztin ankommt, ist der arme Wuschel noch kleiner geworden.

➔ **Lies auf der nächsten Seite weiter.**

Die Tierärztin betrachtet Wuschel durch eine Lupe.
„Das ist ja erstaunlich!“, sagt sie. Sie reicht dir eine leere Tasse. „Setze Wuschel da hinein, damit er uns nicht verloren geht.“
Du erzählst der Tierärztin, wie du die Flasche am Teich gefunden hast.
„Können Sie Wuschel helfen?“, fragst du danach.

Lies weiter auf Seite 26

Du nimmst Wuschel auf den Arm, greifst dir die Flasche und machst dich auf den Heimweg. Plötzlich springt dir Wuschel vom Arm und schlägt dir dabei die Flasche aus der Hand. Die blaue Flüssigkeit spritzt auf dich. Wuschel verschwindet im hohen Gras. Doch du kannst dir jetzt keine Sorgen um ihn machen, denn auch du fängst an zu schrumpfen!
Bis nach Hause ist es fast noch einen Kilometer. Versuchst du, es bis dorthin zu schaffen oder willst du lieber im nächstbesten Haus um Hilfe bitten?

➔ **Wenn du nach Hause laufen willst, lies weiter auf Seite 28**

➔ **Wenn du im nächsten Haus, an dem du vorbeikommst, um Hilfe bitten willst, lies weiter auf Seite 32**

Bisamratten sehen gefährlich aus, wenn sie größer sind als man selbst. Du rennst an der Ratte vorbei zum Teich, der dir jetzt wie ein Ozean vorkommt.

Du watest hinein und wäschst deinen Arm ab. Plötzlich wirft dich eine große Welle um und du musst dich mühsam ans Ufer kämpfen. Du lässt dich erschöpft auf den Boden fallen. Zum Glück schrumpfst du nicht weiter.

Lies weiter auf Seite 27

Hornissen stechen nicht immer. Vielleicht hast du Glück und sie verschonen dich. Du rennst so schnell du kannst, lässt die Hornissen aber nicht aus den Augen, damit du in Deckung gehen kannst, falls eine auf dich zu fliegt.

Lies weiter auf Seite 32

Die Tierärztin schüttelt den Kopf. „Ich kann leider nichts für Wuschel tun. So einen Fall hatte ich noch nie!“

„Auf der Flasche stand **Vorsicht! Nicht berühren!**, ein Name und eine Adresse, aber die habe ich mir nicht gemerkt“, sagst du.

„Wir müssen diese Flasche finden, bevor jemand anderes sie anfasst“, meint die Tierärztin.

„Wenn diese blaue Flüssigkeit in die falschen Hände gerät, könnten Hunderte von Leuten schrumpfen. Zeig mir, wo du sie gefunden hast!“

Du willst zwar helfen, aber du hast Angst, wieder in die Nähe dieser Flasche zu gehen. Womöglich fängst dann auch du an zu schrumpfen.

➔ **Wenn du helfen willst, lies weiter auf Seite 52**

➔ **Wenn du lieber nichts riskieren willst, lies weiter auf Seite 36**

Du machst dich auf den langen Weg nach Hause und achtest dabei auf alle Raubvögel, die dich vielleicht für eine Maus halten könnten. Du musst jetzt ungefähr acht Zentimeter groß sein, denn das Löwenzahnbüschel neben dir ist deutlich größer als du.
Das bedeutet, dass du als Erwachsener mindestens zwölf Zentimeter groß sein wirst. Was für ein Leben liegt vor dir? Du kannst zum Zirkus gehen oder, was vielleicht eine noch bessere Idee ist, du wirst Wissenschaftler und findest die geheime Formel, die dich wieder wachsen lässt.

ENDE

Du rennst nach Hause. Die Bäume und Häuser um dich herum scheinen immer größer zu werden. Dir ist klar, dass das daran liegt, dass du immer weiter schrumpfst. Du schreist, doch deine Stimme ist nicht lauter als die eines neugeborenen Kätzchens. Niemand wird dich hören. Du machst eine Verschnaufpause. Plötzlich taucht vor dir etwas Riesiges, Hellbraunes auf. Du schreist vor Angst. Dann erkennst du, dass es Wuschel ist. Er ist zwar auch geschrumpft, aber er ist längst nicht so klein geworden wie du. Ohne Hilfe wirst du ewig brauchen, um nach Hause zu kommen. Vielleicht könntest du ja auf Wuschels Rücken reiten! Wenn Wuschel sich dann allerdings im Gras wälzt, wie er es gern macht, könnte er dich dabei zu Tode quetschen.

Wenn du auf Wuschels Rücken kletterst, lies weiter auf Seite 38

Wenn du zu Fuß nach Hause läufst, lies weiter auf Seite 40

„Kommen Sie herein“, sagst du zu Professor Riga. „Können Sie Wuschel wirklich seine frühere Größe wiedergeben?“
Der Professor sieht dich verwundert an und blinzelt. „Ja, deswegen bin ich ja hier. Ich hatte befürchtet, dass so etwas passieren könnte“, erklärt er. „Zum Glück habe ich bereits ein

Gegenmittel erfunden. Es ist eine grüne Flüssigkeit, die Wuschel wieder wachsen lässt."
Du setzt Wuschel auf den Boden. Der Professor zieht eine Flasche aus seiner Jackentasche.
Du beobachtest ihn besorgt. Woher weiß er, wie viel Flüssigkeit er über Wuschel schütten muss, damit er wieder seine normale Größe bekommt?
„Ist es gefährlich?", fragst du den Professor.
Der sieht dich wieder verwundert an.
„Ein Risiko ist schon dabei, denn ich habe die Flüssigkeit noch nie ausprobiert.

Wenn du Wuschel vom Professor behandeln lässt, lies weiter auf Seite 35

Wenn du Wuschel dieser Gefahr nicht aussetzen willst, lies weiter auf Seite 54

Du willst die Leute im nächsten Haus um Hilfe bitten. Du schrumpfst noch immer. Plötzlich rutscht dein rechtes Bein in ein Mauseloch, und du fällst auf die Nase. Du versuchst aufzustehen, doch du schaffst es nicht. Stattdessen rutschst du mit dem ganzen Körper immer tiefer in das Mauseloch hinein. Die Wände sind viel zu steil, um daran hochzuklettern.
Du schaust dich um und stellst fest, dass ein Gang in eine riesige Kammer führt. Was würdest du machen, wenn jetzt eine Maus käme?

Du schrumpfst so schnell, dass die Maus dich wahrscheinlich gar nicht sehen würde. Inzwischen bist du nämlich nicht einmal mehr so groß wie eine Ameise. Das weißt du genau, denn gerade kommt eine Ameise auf dich zu. Sie scheint fast zwei Meter lang zu sein. Du versteckst dich hinter einem Kieselstein. Eine Wasserpfütze im Mauseloch kommt dir vor wie ein riesiger See. Springst du hinein?

**Wenn du in den See springst,
lies weiter auf Seite 46**

**Wenn du bleibst, wo du bist,
lies weiter auf Seite 50**

Der Professor schüttet die grüne Flüssigkeit über Wuschel.
Wuschel fängt an zu wachsen. Doch schon nach wenigen Sekunden ist er so groß wie der Esszimmertisch. Und er wächst immer weiter.
„Oh nein, was habe ich getan?“, jammert der Professor.
„Können Sie das nicht stoppen?“, schreist du. „Mein Hund wird ja zu einem Monster!“
Der Professor ist verzweifelt. „Nein“, ruft er, „ich bin das Monster, weil ich so etwas Schreckliches erfunden habe!“ Er rennt aus dem Haus.
Wuschel legt seine Pfote auf deine Schulter. Er will dich nur trösten, aber er wirft dich fast um. Du stellst dich auf die Zehenspitzen und kraulst sein Fell. „Platz, Wuschel!“
Wuschel legt sich auf den Boden. Er bedeckt fast den ganzen Fußboden! Aber zumindest wächst er nun nicht mehr. Jetzt gehört dir der größte Hund der Welt.

ENDE

„Tut mir leid, aber ich gehe nicht noch einmal in die Nähe dieses Zeugs“, sagst du zur Tierärztin.
Als du wieder zu Hause bist, klopft es an eurer Tür. Du öffnest und draußen steht ein Mann mit weißen Haaren. Mit seinen blauen Augen blinzelt er ständig.
„Ich bin der Erfinder Professor Riga“, sagt der Mann. „Man hat dich heute Morgen in der Nähe des Ententeichs gesehen. Hast du dort zufällig eine Flasche mit einer blauen Flüssigkeit gefunden?“
„Und ob! Dadurch ist mein Hund geschrumpft!“
Die Augen des Professors füllen sich mit Tränen. „Ich mache mir solche Vorwürfe, weil ich die Flasche aus Versehen dort liegen lassen habe. Bitte lass mich hereinkommen. Ich will etwas versuchen, damit dein Hund wieder seine normale Größe bekommt.“

Lies weiter auf Seite 30

Du kletterst auf Wuschels Rücken. „Schnell bring mich nach Hause!“, rufst du ihm zu. Wuschel rennt los. Du klammerst dich an seinem Fell fest, doch du schrumpfst immer

weiter. Schon bald bist du so klein, dass dir ein einzelnes Hundehaar wie ein dickes Seil vorkommt. Kurze Zeit später fühlt es sich an wie ein Baumstamm, und dann ist es so dick, dass du dich nicht mehr festhalten kannst. Du wirst durch die Luft gewirbelt und landest in einer Wasserpfütze, die so groß ist wie ein Stausee.

ENDE

Du rennst nach Hause, doch du wirst immer kleiner und kommst kaum noch voran. Du brauchst fast eine ganze Minute, um an einem geparkten Auto vorbeizulaufen!

Klatsch. Ein Eimer voll Wasser ergießt sich über dich. **Klatsch, klatsch, klatsch.** Du schaust nach oben. Auf einmal wird dir klar, dass das in Wirklichkeit Regentropfen sind.

Dann entdeckst du etwas, das einem Glashaus ähnelt. Doch als du näher herankommst,

siehst du, dass es nur eine leere Limoflasche ist. Du kriechst hinein, um dich vor dem Regen zu schützen. Kaum bist du in der Flasche, als du auch schon durch die Luft gewirbelt wirst. Du fliegst in der Flasche hin und her. Jemand hat die Flasche aufgehoben.

Lies weiter auf Seite 42

Aus dem Inneren der Flasche siehst du einen Mann mit weißem Haar.
„So etwas habe ich befürchtet", sagt er. „Ich bin Professor Riga. Es tut mir leid, dass du geschrumpft bist, aber keine Angst, ich lasse dich wieder wachsen!"
Du rufst dem Professor zu, er solle die Flasche ruhig halten, doch er kann dein schwaches Stimmchen nicht hören.
Er geht in ein Haus und stellt die Limoflasche auf den Boden.
„Bleib in der Flasche", sagt er, „ich komme gleich wieder."
Kannst du dem Professor trauen? Oder solltest du lieber fliehen?

Wenn du auf die Rückkehr des Professors wartest, lies weiter auf Seite 44

Wenn du aus der Flasche kriechst und wegläufst, lies weiter auf Seite 58

Du wartest zitternd in der Flasche. Du bist vom Regen durchnässt und vom Limo-Rest in der Flasche ganz klebrig.
Der Professor kommt zurück. „Ah, da ist es ja!“ Er nimmt eine Flasche mit grüner Flüssigkeit vom Tisch. „Das ist ein Wachstumsmittel. Es wird dich genauso schnell wachsen lassen, wie du geschrumpft bist. Aber wir sollten lieber nach draußen gehen, damit wir mehr Platz haben.“

Lies auf der nächsten Seite weiter.

Der Professor trägt die Flasche nach draußen und schüttelt sie ein wenig, bis du aufs Gras fällst. Ganz in deiner Nähe ist ein Rotkehlchen auf Futtersuche – für dich hat es die Größe eines Vogel Strauß. Am liebsten würdest du auf seinen Rücken steigen und mit ihm davonfliegen.

Wenn du auf den Rücken des Rotkehlchens steigst, lies weiter auf Seite 56

Wenn du das Wachstumsmittel des Professors ausprobierst, lies weiter auf Seite 48

Du springst in die Pfütze und landest auf einem schwimmenden Blatt. Der Wind treibt dich auf dem Blatt ans gegenüberliegende Ufer. Als du ankommst, bist du noch kleiner geworden. Du steigst vom Blatt und kletterst ans Ufer. In deiner Nähe lauert ein neues Monster. Diesmal ist es ein Grashüpfer. Da du keine Lust mehr hast zu laufen, springst du auf seinen Rücken. **Boing!** Der Grashüpfer setzt sich in Bewegung. **Boing!** Ein zweiter Sprung. Du musst dich mit aller Kraft festklammern. **Boing!** Der größte Sprung lässt dich durch ein offenes Küchenfenster fliegen.

Lies auf der nächsten Seite weiter.

Klatsch! Du landest in einer Schüssel mit Schokoladenpudding. Mmmmh, ist der lecker! Es ist der beste Pudding, den du je gegessen hast. Doch bald ist dein Bauch voll mit Schokoladenpudding und du kannst dich nur mit Mühe an der Oberfläche halten. Du musst strampeln, um nicht unterzugehen. Die Wände der Schüssel sind zu glatt, um daran hochzuklettern. **Blubb, blubb, blubb.** Hilfe, du versinkst!

ENDE

„Ich will sofort meine frühere Größe wiederhaben“, schreist du.
Der Professor holt tief Luft und schüttet dir dann die grüne Flüssigkeit über den Kopf. Sofort fängst du an zu wachsen. Doch etwas stimmt nicht. Du wächst zu schnell. Schon nach wenigen Sekunden bist du so groß wie der Professor.
„Das reicht!“, brüllst du. Du schaust nach unten, aber du kannst deine Füße kaum noch sehen.
Eine kaum hörbare Stimme dringt zu dir herauf: „Tut mir leid – ich habe zu viel Wachstumsmittel über dich gegossen.“
Kurze Zeit später bist du schon größer als euer Haus. Du schreist aus vollem Hals: „Hilfe, ich wachse!“

ENDE

Auch im Mauseloch schrumpfst du immer weiter. Die Ameise sieht aus wie eine riesige Monster-Ameise und jede kleine Bodenwelle kommt dir vor wie ein Gebirge.
Plötzlich bist du von winzigen Lebewesen umgeben. Vielleicht sind es Bakterien. Doch selbst diese winzigen Wesen scheinen immer größer zu werden.

Du dagegen wirst immer kleiner. Schon bald bist du kleiner als ein Staubkorn. Jetzt könnte man dich nur noch unter dem Mikroskop sehen. Was wird mit dir geschehen? Du fragst dich, wie klein etwas überhaupt sein kann?

ENDE

„Ich werde Ihnen helfen, die Flasche zu finden“, sagst du zur Tierärztin.
Als ihr an den Teich kommt, seht ihr einen kleinen, weißhaarigen Mann mit einer Flasche.

„Habt ihr eine Flasche mit einer blauen Flüssigkeit gesehen?“, ruft er. „Ich habe mein Schrumpfmittel aus Versehen hier liegen lassen!“
„Sie sind also der Schuldige!“, antwortest du.
„Ja, ich bin der Erfinder Professor Riga. Ich habe zwei Flaschen von diesem Schrumpfmittel hergestellt und eine habe ich wohl hier vergessen. Ich hoffe nur, dass noch niemand mit der Flüssigkeit in Berührung gekommen und geschrumpft ist!“
„Doch, mein Hund ist geschrumpft!“, entgegnest du ihm.
Plötzlich entdeckt Professor Riga hinter einem Baumstamm die Flasche mit der blauen Flüssigkeit. Ohne ein weiteres Wort hebt er sie auf und gießt den Inhalt der anderen Flasche hinein. Eine Dampfwolke steigt aus dem Flaschenhals.
„Was machen Sie da?“, fragt die Tierärztin.
„Ich habe das Schrumpfmittel weggeschrumpft“, antwortet der Professor erleichtert.
„Toll! Und was ist mit meinem Hund?“, willst du wissen.

ENDE

„Ich will nicht, dass Sie dieses Zeug über Wuschel schütten“, sagst du.
Der Professor antwortet ernst: „Dann leb wohl. Ich werde dich nie wieder belästigen.“
Deine Familie und du seid traurig, doch Wuschel scheint genauso fröhlich zu sein wie immer. Er hat mehr Platz zum Herumtollen und braucht viel weniger Futter.
Von überall kommen die Leute, um deinen Hund zu sehen. Sie können kaum glauben, dass es ein echter Hund ist.
Niemand hat Professor Riga je wiedergesehen. Sein Haus steht leer. Die Leute sagen, er sei mit seinem Schrumpfmittel in Berührung gekommen und habe sich selbst weggeschrumpft.

ENDE

Du springst auf den Rücken des Rotkehlchens und hältst dich gut fest, weil es mit dir bis in die Baumwipfel fliegt. **Huiii!**

Der Vogel schüttelt sich und du fällst in ein Nest, in dem schon drei junge Rotkehlchen sitzen. **Piep. Piep.** Mit weit offenem Schnabel begrüßen sie ihre Mutter. Doch die hält einen fetten Regenwurm über deinen Kopf. Sie muss dich für eins ihrer Küken halten! Der Wurm landet auf deinem Kopf. Einer der Jungvögel schnappt ihn sich und verschlingt ihn. Die Rotkehlchenmutter fliegt wieder davon. Du schaust über den Nestrand.

„Hilfe!“, schreist du so laut du kannst. Wie sollst du wieder nach unten kommen? Du siehst dich im Nest um und entdeckst zwischen den Zweigen ein paar Stofffetzen und eine Schnur. „Das ist kein Leben für mich“, sagst du zu den Küken. „Ich werde mir einen Fallschirm bauen und von hier verschwinden!“

ENDE

Du kriechst aus der Limoflasche. In der Nähe liegt eine zweite Flasche, die eine grüne Flüssigkeit enthält. Auf dem Etikett steht:

Gegenmittel

Ein Gegenmittel ist genau, was du brauchst, um deine richtige Größe wiederzubekommen. Du schüttest etwas von der Flüssigkeit über dich und fängst sofort an zu wachsen. Schon nach kurzer Zeit hast du deine ursprüngliche Größe wieder.

Wuschel leckt dein Ohr. Er wundert sich, warum du den ganzen Nachmittag verschlafen hast. Jetzt wird dir klar, dass Wuschel und du gar nicht geschrumpft seid. In der Flasche, die du gefunden hast, war kein Schrumpf-, sondern ein Schlafmittel! Du hast zum Glück alles nur geträumt.

„Los, Wuschel“, sagst du und springst auf. „Wir müssen uns beeilen, sonst kommen wir zu spät zum Essen.“

ENDE

ÜBER DEN AUTOR

Edward Packard hat an der Universität Princeton und an der Juristischen Fakultät der Columbia-Universität studiert. Auf die einzigartige Art des Erzählens in „1000-Gefahren“-Büchern ist er gekommen, als er versuchte, sich Geschichten für seine Kinder Caroline, Andrea und Wells auszudenken.

Jim Razzi

Der fliegende Teppich

Mit Bildern von Stefan Rogge

Ravensburger Buchverlag

LIES DIES ZUERST!

In den meisten Geschichten wird von anderen Leuten erzählt, aber diese handelt von dir und deinem magischen fliegenden Teppich.
Lies das Abenteuer nicht von der ersten bis zur letzten Seite, sondern fang vorne an und lies weiter, bis du zum ersten Mal wählen kannst. Entscheide, was du tun willst. Geh zu der angegebenen Seite und dort erfährst du, was als Nächstes passiert. Wenn du eine Geschichte ausgelesen hast, kannst du an den Anfang zurückblättern und dich für einen anderen Weg entscheiden. Jede Wahlmöglichkeit entführt dich in ein neues aufregendes Abenteuer.

Viel Spaß mit deinem fliegenden Teppich – aber nimm dich vor Zauberern, Riesen und dem bösen Sultan in Acht!

ARABISCHE MÄRCHEN

Deine Tante Ruth hat von einer ihrer Weltreisen einen wunderschönen Teppich mitgebracht. Er gefiel dir so gut, dass du ihn sofort in die Mitte deines Zimmers gelegt hast.
Jetzt sitzt du auf dem Teppich und liest ein Buch mit arabischen Märchen. Am besten gefällt dir die Geschichte vom Zauberer und dem fliegenden Teppich.
Du hörst einen Moment lang auf zu lesen und schaust aus dem Fenster in den Sternenhimmel. Fantastisch, denkst du. Ein fliegender Teppich! Ausgerechnet jetzt ruft deine Mutter aus der Küche: „Das Essen ist fertig!"
„Ich komme gleich!", rufst du zurück.
Aber zuerst möchtest du die Geschichte zu Ende lesen. Du bist gerade an der Stelle angekommen, als der Zauberer die magischen Worte spricht, die den Teppich fliegen lassen.

Lies weiter auf Seite 8

Nur zum Spaß sprichst du die Zauberformel laut aus: **„USAK! POPKAM! KANUHM!“**
Plötzlich bewegt sich der Teppich unter dir.
Du spürst, wie du vom Boden abhebst. Und bevor du weißt, wie dir geschieht, fliegt der Teppich auch schon mit dir zum Fenster hinaus.
„Wow!“, schreist du. „Was geht hier vor sich?“
Die Zauberformel hat funktioniert! Der Teppich fliegt!
Du hältst dich am Rand des Teppichs fest und blickst ängstlich nach unten. Tatsächlich, unter dir huscht der Boden vorbei. Aber er sieht merkwürdig aus – so dunkel und neblig. Eigentlich sieht alles ziemlich merkwürdig aus.
„Mama!“, rufst du in die Dunkelheit. „Wo bist du?“
Noch könntest du vom Teppich abspringen.
Der Boden scheint ganz nah zu sein.
Vielleicht solltest du das tun. Wer weiß, wo du landest, wenn du auf dem Teppich sitzen bleibst?

Wenn du abspringen willst, lies weiter auf Seite 18
Wenn du weiterfliegen willst, lies weiter auf Seite 12

Du greifst nach dem Seil. Es scheint irgendwo festgebunden zu sein. Aber wo? Das Einzige, was du an seinem Ende sehen kannst, ist pechschwarze Nacht.
Noch während du in die Dunkelheit hinabschaust, taucht auf einmal der fliegende Teppich wieder auf. Er ist zu dir zurückgekommen!
Was sollst du bloß tun? Wenn du dich wieder auf den Teppich setzt, fliegt er dich vielleicht aus dieser Dunkelheit heraus. Aber andererseits ist das Seil etwas Festes, an dem du Halt findest. Vielleicht solltest du an ihm hinunterklettern und feststellen, wohin es führt.

➔ **Wenn du am Seil hinunterklettern willst, lies weiter auf Seite 15**

➔ **Wenn du dich wieder auf den Teppich setzen willst, lies weiter auf Seite 26**

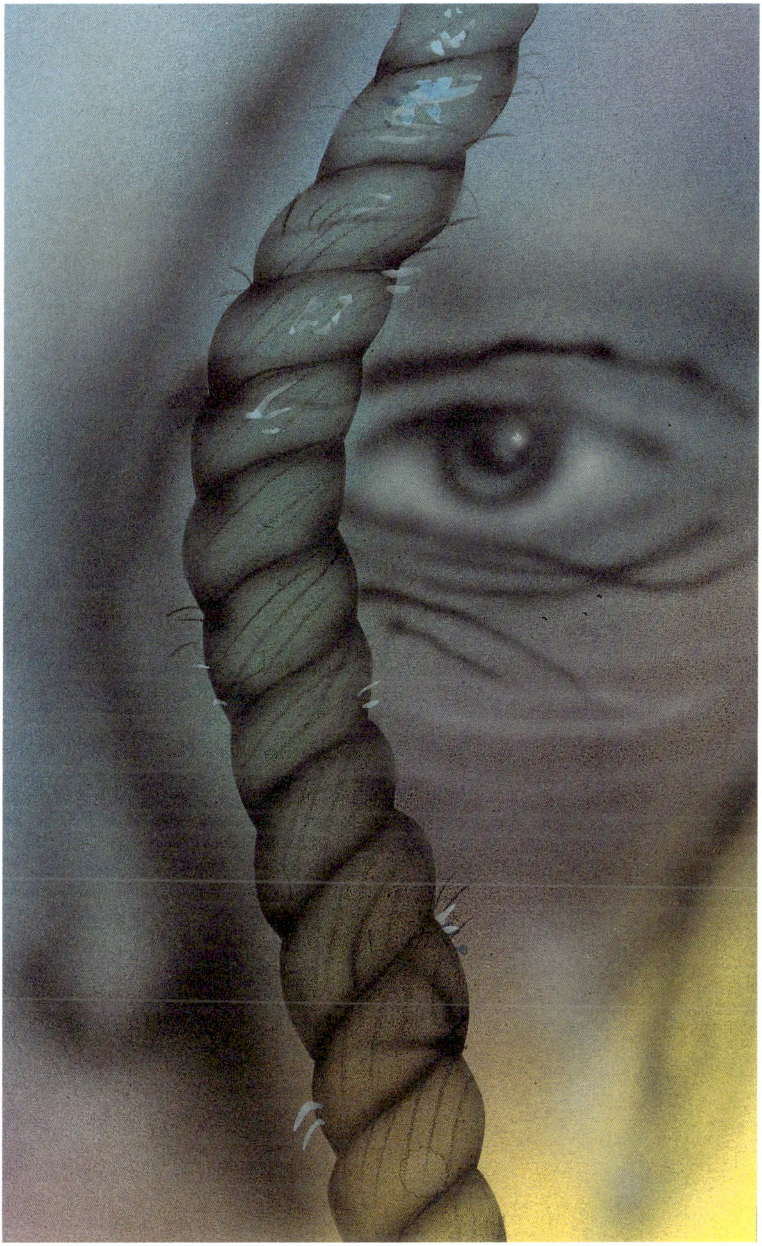

Du fliegst weiter. Es ist zwar ein komisches Gefühl, aber du hast jetzt nicht mehr so große Angst. Du probierst sogar, dem Teppich Befehle zu geben.
„Flieg langsamer!“, rufst du ihm zu. Der Teppich wird langsamer.
„Flieg höher!“, sagst du. Der Teppich saust aufwärts.
Jetzt macht dir das Fliegen richtig Spaß.
Der Wind fährt dir durchs Haar und du musst die Augen zukneifen, weil dich die Sonne blendet.
Die Sonne? Wann ist es hell geworden?
Du schaust nach unten. Seltsam. Die Landschaft, die du dort siehst, ist dir völlig fremd.
Wo bist du?
Plötzlich entdeckst du vor dir eine Stadt. Es ist die außergewöhnlichste Stadt, die du je gesehen hast. Sie sieht aus wie die Stadt, von der du gerade in deinem Märchenbuch gelesen hast.

➔ **Lies weiter auf Seite 22**

Du folgst dem Jungen. Er führt dich in ein kleines weißes Haus. Auf einmal fällt dir auf, dass er einen Teppich unter dem Arm trägt. Deinen Teppich!
„Woher hast du den Teppich?“, fragst du überrascht.
„Ich habe ihn nicht gestohlen, ehrlich nicht!“, ruft der Junge. „Er … er ist vom Himmel gefallen!“
„Ich glaube dir“, sagst du lächelnd.
Plötzlich hämmert jemand gegen die Tür.
„Die Männer des Sultans!“, flüstert der Junge.
„Wie kommen wir hier raus?“, fragst du ihn.
Der Junge zeigt auf eine Leiter.
„Schnell, aufs Dach!“, rufst du und schnappst dir den Teppich.
Kurz darauf seid ihr auf dem Dach.
„Schnell, spring auf den Teppich!“, schreist du.
Eine Sekunde später tauchen auf dem Dach zwei Männer auf, die mit Säbeln bewaffnet sind.

Lies weiter auf Seite 24

Du kletterst am Seil hinab.
Als du dich dem Ende näherst, verschwindet die Dunkelheit schlagartig und du findest dich in strahlendem Sonnenschein wieder.
Du hörst die Stimme eines Mannes.
„Hier seht ihr ein Zauberseil, gute Leute. Schaut nur, wie es in den Himmel gestiegen ist … als wäre es lebendig!"
Die Leute murmeln beeindruckt durcheinander.
„Ja", fährt die Stimme fort, „ich habe diesen Trick von meinem Vater gelernt und er von seinem Vater und …"
Dann entdeckt der Sprecher auf einmal dich!

Lies weiter auf Seite 16

„AIEEE", kreischt er, genau wie alle anderen. Du klammerst dich ans Seil. Die Leute müssen denken, du seist geradewegs vom Himmel gekommen!

Lies weiter auf Seite 21

Du springst vom Teppich – mitten in ein schwarzes Loch hinein!
Was du für den Boden gehalten hast, ist in Wirklichkeit eine schwarze Wolke.
Du fällst im Zeitlupentempo.
„Hiiilfe! Mama! Hilf mir!“
Um dich herum herrscht Schweigen.
Deine Unterlippe beginnt zu zittern, aber du zwingst dich tapfer zu sein und nicht zu weinen.
Plötzlich siehst du etwas Erstaunliches.
Du traust deinen Augen nicht:
Mitten in der Luft hängt ein Seil!

Lies weiter auf Seite 10

Ihr fliegt näher heran, um in dem Dorf zu landen. Die Menschen zeigen auf euch und schreien wild durcheinander.
„Wer sind die?“, rufen sie.
„Zauberer! Geister!“, antwortet einer.
„Sie haben einen fliegenden Teppich“, stellt ein anderer fest.
Euch gefällt dieser Empfang. Eine wunderbare Gelegenheit ein bisschen anzugeben!
Ihr saust dicht über den Köpfen der Leute durch die engen Gassen. Dann nehmt ihr eine scharfe Kurve. Du musst so sehr lachen, dass du nicht auf den großen Berg Aprikosen achtest, der genau auf eurem Weg liegt.
Auf einmal siehst du ihn doch!
„Halt!“, schreist du. Der Teppich stoppt sofort – aber du und Abdul nicht!

Lies weiter auf Seite 30

„Ein Dämon! Ein Dämon!“, schreit jemand. Überrascht blickst du dich um. Alle Leute sind gekleidet wie die Figuren in deinem orientalischen Märchenbuch!

Lies weiter auf Seite 34

„Das kann einfach nicht wahr sein!“, sagst du, als du näher an die Märchenstadt herankommst.
Die Stadt funkelt im Sonnenlicht wie ein Edelstein. Überall siehst du pastellfarbene Häuser und Türme sowie wunderschöne Blumen.
„Flieg tiefer“, befiehlst du dem Teppich. Er gehorcht sofort und fliegt in einer sanften Schleife abwärts. Unter dir liegt ein wundervoller Palast, der von einem herrlichen Garten umgeben ist. Du lässt den Teppich auf einem Hof außerhalb der Gartenmauer landen.
Wo hier wohl die Menschen sind?, fragst du dich.
Wie als Antwort darauf ertönt ein Klopp-klopp, Klopp-klopp … Jemand kommt auf einem Pferd um die Kurve.
Willst du sofort herausfinden, wer der Reiter ist, oder lieber über die Mauer klettern und dich im Garten verstecken, bis du weißt, was los ist?

Wenn du auf den Reiter warten willst, lies weiter auf Seite 39

Wenn du dich im Garten verstecken willst, lies weiter auf Seite 42

„**USAK! POPKAM! KANUHM!**“, rufst du.
Der Teppich fliegt los und einer der Männer holt mit seinem Schwert aus. Die scharfe Klinge trennt einen Streifen vom Teppich ab. Euer Fall in die Tiefe scheint sicher. Doch kaum zu glauben: Das abgeschnittene Stück fliegt neben euch her! Einen Moment später seid ihr weit oben in der Luft und damit in Sicherheit.
Du lächelst erleichtert und siehst den Jungen an.
„Wie heißt du?“, fragst du ihn.
„Abdul“, antwortet der Junge.
Du willst gerade noch etwas sagen, als dir auffällt, dass ihr bereits über eine Wüste fliegt. Wahrscheinlich wäre es besser zu landen und in Ruhe darüber nachzudenken, was ihr als Nächstes tun sollt. Aber du bist dir nicht einmal sicher, ob der Teppich deinen Befehlen gehorchen wird.
Andererseits ist es vielleicht klüger, so weit von den Männern des Sultans wegzufliegen, wie es nur geht.

Wenn du in der Wüste landen willst, lies weiter auf Seite 28

Wenn du weiterfliegen willst, lies weiter auf Seite 32

Du setzt dich wieder auf den Teppich. Auf einmal verschwindet die Dunkelheit, und du stellst fest, dass du über die Dächer deiner Stadt fliegst.
„Ich will nach Hause“, sagst du, als könnte der Teppich dich verstehen. Der Teppich fliegt tiefer und du siehst das Haus deiner Familie direkt vor dir. Vielleicht versteht er dich tatsächlich!
Der Teppich bremst genau vor deinem Fenster. Blitzschnell steigst du durch das Fenster in dein Zimmer. Du bist kaum drinnen angekommen, da fliegt der Teppich auch schon davon.
Du schaust ihm nach, bis er nicht mehr zu sehen ist.
Plötzlich steht deine Mutter in der Tür. „Kommst du jetzt bitte zum Essen?“, fragt sie. Dann sieht sie auf den Boden. „Wo ist denn der schöne Teppich, den Tante Ruth dir geschenkt hat?“
Du schaust aus dem Fenster.
„Selbst wenn ich dir das sagen würde“, antwortest du, „würdest du es mir niemals glauben!“

ENDE

„Lande, Teppich!“, rufst du.
Zu deiner Erleichterung gehorcht der Teppich und landet sanft neben einer Dattelpalme.
Ihr setzt euch in den Schatten der Palme und Abdul erzählt dir seine Geschichte.
„Ich bin schon ein Bettler, solange ich lebe“, sagt er, „aber ich träume davon, ein Zauberer zu sein. Wenn ich zaubern könnte, würden die Leute dafür bezahlen, meine Tricks zu sehen.“
Abdul tut dir leid. Da kommt dir eine Idee.
„Hier“, sagst du und gibst ihm das abgeschnittene Stück Teppich. „Das wird genauso gut fliegen wie der Rest des Teppichs. Damit kannst du alle möglichen Kunststücke vorführen.“
Abdul strahlt vor Freude.
„Du hast mich sehr glücklich gemacht“, sagt er. „Mein größter Wunsch ist in Erfüllung gegangen.“
Du seufzt. „Mein größter Wunsch ist, dass mich der Teppich nach Hause bringt.“
Plötzlich wirst du ganz müde. Du kannst deine Augen kaum noch offen halten …

➔ **Lies weiter auf Seite 45**

KLATSCH! Ihr landet genau in dem Berg reifer Aprikosen!

IGITT!

Ihr seht euch an und fangt beide an zu kichern. „Ach, was soll's", sagst du und leckst dir die Finger ab. „Wir hatten schließlich Hunger. Ich hoffe, du magst Aprikosenmarmelade, Abdul!"

ENDE

Du rennst zurück zu dem Laden und springst in einen der Körbe. Du schaffst es gerade noch, den Deckel wieder auf den Korb zu legen, als auch schon die Männer des Sultans die Straße heruntergerannt kommen.

„Der Dämon ist hier entlang!“, ruft einer von ihnen.

„Ja, schnell! Wir fangen ihn in der nächsten Straße!“, brüllt der andere.

Puh, das war knapp!

Du willst dich gerade entspannen, als sich plötzlich etwas um deine Füße ringelt.

Du bist nicht allein in diesem Korb!

Lies weiter auf Seite 56

Ihr fliegt weiter. Die endlose Wüste zieht unter euch dahin. Du nutzt die Zeit, um dich mit dem fliegenden Teppich vertraut zu machen. Er gehorcht dir aufs Wort!
„Das macht Spaß!“, jubelt Abdul.
„Und wie!“, rufst du. Deine Angst ist verflogen. Mittlerweile fangt ihr sogar an, auch an andere Dinge zu denken – zum Beispiel ans Essen.
Endlich taucht vor euch ein kleines Dorf auf.
„Lass uns dort anhalten“, schlägst du vor.
„Vielleicht bekommen wir in dem Dorf etwas zu essen.“ Abdul ist einverstanden.
Ihr umkreist das Dorf. Alle schauen zu euch hoch. Du willst schon landen, erinnerst dich aber rechtzeitig daran, was passiert ist, als du das letzte Mal aus dem Nichts aufgetaucht bist. Alle hielten dich für einen Dämon!
Vielleicht solltest du besser außerhalb des Dorfes landen und zu Fuß hineingehen.

➔ **Wenn du versuchen willst im Dorf zu landen, lies weiter auf Seite 20**

➔ **Wenn du außerhalb des Dorfes landen willst, lies weiter auf Seite 36**

Du springst vom Seil ab. „Warten Sie“, rufst du. „Ich bin kein Dämon, ich …“
Doch du hast keine Zeit für Erklärungen, denn zwei riesige Männer stürmen auf dich zu – mit scharfen Säbeln!
„Wir schlagen dem Dämon den Kopf ab und bringen ihn dem Sultan!“, schreien sie.
Du ergreifst die Flucht.
Du rennst um eine Kurve in eine lange, gewundene Straße. Am Ende der Straße kommst du an einem Laden vorbei, vor dem viele Körbe stehen. Auf dem Ladenschild steht: Ahmed, der Schlangenbeschwörer. Du rennst um eine weitere Kurve und landest in einer Sackgasse. Jetzt bist du verloren!
Dann fallen dir die Körbe wieder ein. Ja, dort könntest du dich verstecken! Du wirbelst herum, als plötzlich jemand zischt: „Psst! Folge mir!“
Ein kleiner Junge steht vor dir. Kannst du ihm vertrauen oder solltest du lieber zurückrennen und dich in einem der Körbe verstecken?

➔ **Wenn du dem Jungen folgen willst, lies weiter auf Seite 14**

➔ **Wenn du dich in einem Korb verstecken willst, lies weiter auf Seite 31**

Du beschließt außerhalb des Dorfes zu landen. Du steuerst einen großen Berg an und fliegst mit elegantem Schwung darüber hinweg. Plötzlich schreit Abdul: „Sieh nur, ein Riese!“ Jetzt siehst du ihn auch. Er ist so groß wie ein zehnstöckiges Haus!
Er muss auf der anderen Seite des Berges ein Nickerchen gemacht haben.
Doch jetzt setzt er sich langsam auf und reckt die Arme. Sein großer Mund öffnet sich zu einem Gähnen … und ihr werdet hineingesaugt!
„Oh, nein!“, schreist du, als du, Abdul und der fliegende Teppich auf den Mund des Riesen zufliegen.
SCHLUCK!

ENDE

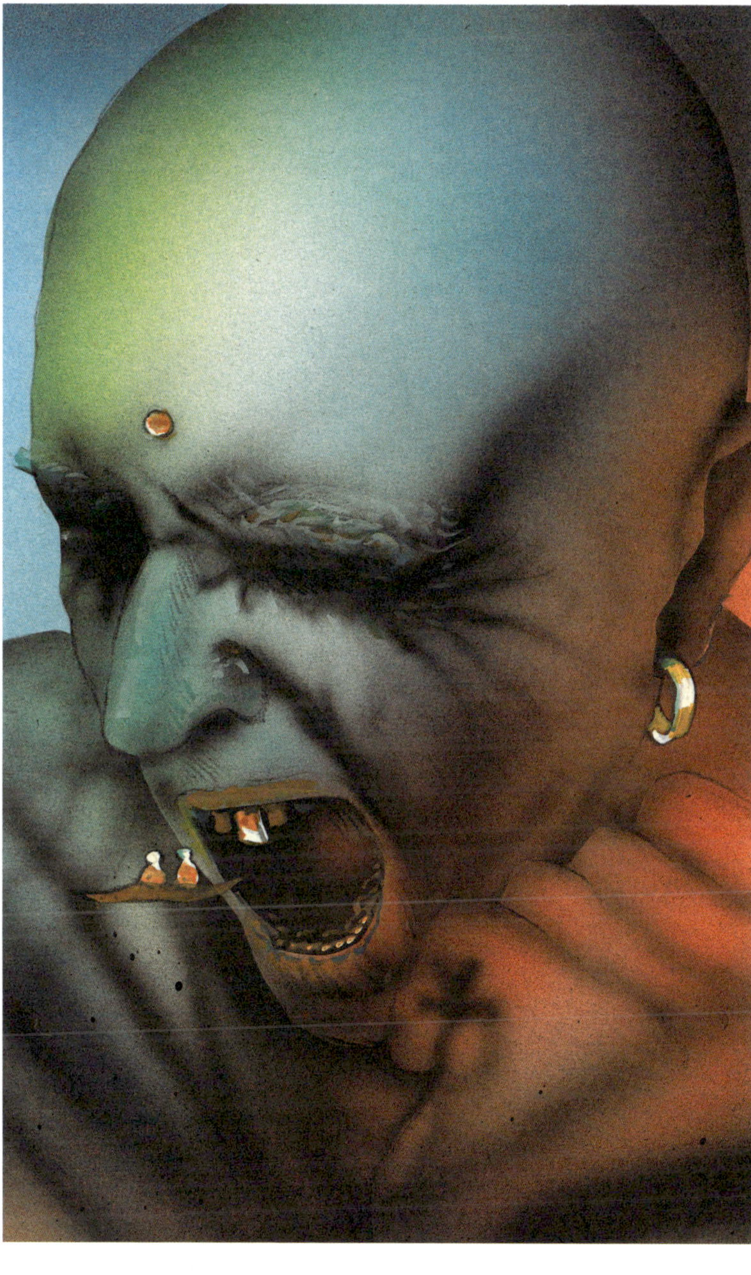

Du beschließt, auf den Reiter zu warten.
Als er um die Kurve kommt, siehst du, dass es ein Mann mit einem Turban ist.
Er reitet ein mechanisches Pferd!
„Toll“, flüsterst du beeindruckt.
Der Reiter hält neben dir an.
„Sei gegrüßt, junger Freund“, sagt er. „Ich sehe, dir gefällt mein kleines Spielzeug.“
„Kleines Spielzeug?“, wiederholst du. „Es ist großartig!“
„Mein Name ist Perviz und dies ist meine bescheidene Erfindung“, fährt der Mann fort. „Ich hoffe sehr, heute Vormittag das Rennen des Sultans damit zu gewinnen.“
Du fragst Perviz, ob du mitkommen und dir das Rennen ansehen darfst.
„Du kannst noch etwas viel Besseres tun, mein junger Freund“, sagt er. „Du kannst an meiner Stelle dieses Pferd im Rennen reiten.“

Lies weiter auf Seite 44

Du übergibst den Teppich an Perviz.
Während er ihn nimmt, räuspert er sich und sagt: „Übrigens, mein junger Freund, ich vergaß, dir eines zu sagen: Der Sultan hat eine merkwürdige Angewohnheit."
„Welche denn?", fragst du.
„Er wirft alle Verlierer ins Gefängnis."
„Was? Warum denn?", fragst du überrascht.
„Es macht das Rennen spannender", erwidert Perviz achselzuckend. „Denn niemand will verlieren."
Du willst gerade noch etwas sagen, als der Sultan ruft: „Lasst das Rennen beginnen!"
Bevor du weißt, wie dir geschieht, ist das mechanische Pferd auch schon losgeschossen. Doch es hat kaum ein paar Schritte hinter sich gebracht, als – **KNALL! SCHEPPER! BOING!**
Das Pferd hat eine Schraube verloren! Jetzt ist es langsamer als eine Schnecke.
Du bist gerade erst gestartet und hast schon verloren! Zu allem Übel rennt jetzt ein gemein aussehender Wächter auf dich zu. An eine Flucht ist nicht zu denken!

ENDE

Du springst über die Gartenmauer.
„Ha, elender Dieb! Hab ich dich endlich!“, ruft jemand, und eine Hand packt deinen Arm. Erschrocken siehst du dich um. Ein Mann in einem schwarzen Umhang funkelt dich böse an. Du kennst seine Kleidung aus deinem Buch. Es ist ein Zauberer!
„Ich habe dich auf meinem Teppich herfliegen sehen!“, brüllt er dich an. „Du bist es also, der ihn gestohlen hat!“
„Lassen Sie mich los! Ich habe gar nichts gestohlen!“, schreist du und wehrst dich mit Händen und Füßen.
Einer deiner Tritte trifft den Zauberer am Schienbein. „Autsch!“, stöhnt er auf und lässt dich los.
Du rennst mit dem Teppich unter dem Arm davon, quer durch den Garten. Dann fällt dir ein, dass du versuchen könntest in den Palast zu flüchten. Vielleicht gibt es dort jemanden, der dir helfen kann.

➔ **Wenn du durch den Garten fliehen willst, lies weiter auf Seite 55**

➔ **Wenn du in den Palast rennen willst, lies weiter auf Seite 47**

Perviz erklärt dir, dass er zu schwer sei, um das mechanische Pferd im Rennen zu reiten. „Wenn du es reitest, wird es schneller laufen." Als ihr am Rennplatz ankommt, sind alle anderen Reiter schon da. „Der Sultan wird den Siegerpreis selbst überreichen", flüstert Perviz. „Zwanzig Goldstücke!" Du nickst und stellst dich mit dem mechanischen Pferd neben den anderen Pferden auf. Aber Moment mal! Beinahe hättest du den Teppich vergessen. Du kannst ihn während des Rennens unmöglich unter dem Arm behalten. Vielleicht solltest du ihn so lange Perviz geben. Aber kannst du ihm vertrauen? Möglicherweise ist es doch besser, den Teppich unter den Sattel zu legen.

➔ **Wenn du den Teppich unter den Sattel legen willst, lies weiter auf Seite 49**

➔ **Wenn Perviz den Teppich für dich aufbewahren soll, lies weiter auf Seite 40**

Du versuchst, die Augen offen zu halten, doch du schaffst es nicht. Es kommt dir vor, als würde sich der Teppich bewegen, aber du bist dir nicht sicher. Du bist so müde …
Nach einer Weile kannst du die Augen wieder öffnen. Du bist hellwach und siehst dich um. Du bist wieder in deinem Zimmer! Hat der Teppich deinen Wunsch erfüllt oder war alles nur ein Traum?
Du siehst nach unten. Von dem Teppich fehlt ein Streifen!
„Unglaublich!“, flüsterst du atemlos.
Plötzlich steht deine Mutter vor dir.
„Ich rufe dich schon seit einer halben Stunde!“, sagt sie. „Wo bleibst du nur?“
„Äh … mein Buch war gerade so spannend“, redest du dich heraus.
„Dann komm jetzt bitte auf die Erde zurück und iss dein Abendbrot“, sagt deine Mutter.
Du lächelst, als sie die Tür hinter sich schließt. Sie wird nie erfahren, wie weit entfernt von der Erde du tatsächlich warst.

ENDE

Du rennst in den Palast – und stößt mit einem wunderschönen Mädchen zusammen! „Wohin so eilig?“, fragt dich das Mädchen lächelnd. Du erzählst, dass ein Zauberer hinter dir her ist.

➔ **Lies auf der nächsten Seite weiter**

„Wenn das so ist“, sagt das Mädchen, „komm mit in mein Zimmer. Da bist du sicher.“
Auf dem Weg dorthin erzählt dir das Mädchen, dass sie Sarina heißt.
„Ich bin eine Gefangene in diesem Palast“, erzählt sie. „Der Prinz, der hier lebt, hat mich entführt, weil er gehört hat, dass ich sehr

gut kochen kann. Er hat mir befohlen, das köstlichste Essen zuzubereiten, das er jemals gegessen hat. Doch bis jetzt hat ihm alles, was ich gekocht habe, nicht gemundet.
Und er wird mich erst gehen lassen, wenn ich seinen Befehl ausgeführt habe.“

Lies weiter auf Seite 52

Du legst den Teppich unter den Sattel und reihst dich zwischen den anderen Pferden ein. „Los!“, schreit der Sultan, und das Rennen beginnt. Doch plötzlich – **BOING! SCHEPPER!**
Dein mechanisches Pferd hat eine Schraube verloren! Es wird immer langsamer. So kannst du unmöglich gewinnen!
Einen Moment mal! Dir kommt eine Idee.
„USAK! POPKAN! KANUHM!“, flüsterst du dem Teppich zu. „Flieg niedrig.“

Lies auf der nächsten Seite weiter

Du hast das Kommando kaum ausgesprochen, als sich die Hufe deines Pferdes auch schon ein kleines Stück vom Boden lösen. Der Teppich hebt euch beide hoch! Du gleitest durch die Luft an den anderen Pferden vorbei und fliegst mit weitem Vorsprung über die Ziellinie.

➔ **Lies weiter auf Seite 58**

Dir kommt eine Idee.
„Lass uns in die Küche gehen“, sagst du. „Vielleicht kann ich dir helfen. Ich kenne ein Gericht, das einfach jeder mag.“
„Wirklich?“, fragt Sarina.
„Vertrau mir“, antwortest du lächelnd. „Und nun lass uns anfangen …“
Eine Stunde später stehst du mit Sarina vor dem Prinzen.
„Was hast du mir diesmal gebracht?“, fragt er mürrisch. „Es sieht merkwürdig aus.“
Sarina fleht ihn an, die fremde Speise zu kosten.
„Mein Freund ist sich sicher, dass es Euch schmecken wird.“
„Pah!“, stößt der Prinz hervor, probiert aber trotzdem einen Bissen.
„Mhhm“, brummelt er mit vollem Mund, „wie lecker! Es schmeckt mir in der Tat! Gib meinem Koch das Rezept und du bist frei.“
Sarina lächelt dich glücklich an.
„Wie nennst du dieses wundervolle Gericht?“, flüstert sie.
„Spaghetti mit Fleischklößchen“, antwortest du grinsend.

ENDE

So schnell du kannst, rennst du durch den Garten. Du saust um ein dichtes Gebüsch herum und kommst auf der anderen Seite wieder heraus. Du bist sicher, entkommen zu sein, als plötzlich der Zauberer vor dir steht. Wie ist er nur hierhergekommen?
„So, mein kleiner Teppichdieb", faucht er. „Du versuchst zu fliehen? Das beweist, dass du schuldig bist!"
„Nein, warten Sie!", schreist du, aber der Zauberer zeigt schon mit dem Finger auf dich. Irgendetwas passiert mit dir – du wirst immer kleiner!
Blitzschnell bist du so klein wie eine Maus und noch dazu in einer Flasche gefangen. Und diese Flasche liegt auch noch mitten in der Wüste!
„So strafe ich Teppichdiebe!", hörst du die Stimme des Zauberers aus weiter Ferne.
Du stöhnst und versuchst dich in der Flasche aufzusetzen. Deine einzige Hoffnung ist, dass jemand vorbeikommt und dich freilässt. Aber so wie es aussieht, kannst du darauf lange warten.

ENDE

Ein komisches Gefühl überkommt dich! Da wird dir mit einem Schlag klar, was mit dir den Korb teilt.

Du wirfst einen Blick nach unten. Tatsächlich: eine Schlange!

Und nicht irgendeine Schlange. Du hast das Pech, dein Versteck ausgerechnet mit der giftigsten Schlange der Welt zu teilen – einer Königskobra!

Du bist erledigt!

ENDE

Der Sultan kommt herbei und reicht dir einen Sack voll Gold. „Bei meinem Bart“, verkündet er, „das war der beste Ritt, den ich jemals gesehen habe!“

Auch Perviz kommt angerannt. „Wir sollten uns das Preisgeld teilen, mein junger Freund“, sagt er lächelnd. „Wie hast du das nur gemacht?“

„Das werde ich Euch nicht verraten“, sagst du geheimnisvoll.

ENDE

ÜBER DEN AUTOR

Jim Razzi hat schon viele Kinderbücher geschrieben, von denen mehr als zweieinhalb Millionen Exemplare in Amerika, Großbritannien und Kanada verkauft wurden.

Ravensburger Bücher

Thomas C. Brezina

Im Tal der Donnerechsen

Band 27

Vorsicht, Tyrannosaurier! Die Knickerbocker haben den superspannenden Auftrag, über einen neuen Dinosaurierpark im fernen Japan zu berichten. Am Anfang haben sie jede Menge Spaß, doch plötzlich drehen die lebensechten Dinoroboter durch und Axel verschwindet spurlos ...

ISBN 978-3-473-**47137**-9

Thomas C. Brezina

Das Gold des Grafen Drakul

Band 54

Achtung, Blutsauger! Ein neues Abenteuer führt die Detektive nach Transsilvanien. Die vier sollen einer Freundin bei der Schatzsuche im Schloss des unheimlichen Grafen Drakul helfen. Plötzlich bricht der Handykontakt zu ihr ab und bei einem Rettungsversuch werden die Knickerbocker in der finsteren Burg eingeschlossen!

ISBN 978-3-473-**47128**-7

KBB_08_085

www.knickerbocker-bande.de

Ravensburger

Ravensburger Bücher

Thomas C. Brezina

Der Eiskalte Troll

Band 29

Ein Troll aus Eis bewacht riesige Reichtümer! Die Knickerbocker glauben, dass in dieser Geschichte ein Funken Wahrheit steckt. Warum sonst sollte ein kaltblütiger Verbrecher alles dransetzen, den Schatz zu finden? Weiß er, was sich dahinter verbirgt? Die Jagd nach dem sagenumwobenen Schatz führt die Detektive in die einsamen Fjorde Nordnorwegens ...

ISBN 978-3-473-**47153**-9

Thomas C. Brezina

Das Riff der Teufelsrochen

Band 33

„Haltet den Dieb!" Kaum sind die Detektive auf der Insel Mauritius gelandet, macht sich ein unheimlicher Mann an Poppis Jackentasche zu schaffen. Doch zu ihrer größten Verwunderung hat er nichts geklaut, sondern ihr heimlich zwei Tresorschlüssel zugesteckt. Noch ahnen die Freunde nicht, dass diese Gegenstände sie in die Tiefen des Meeres führen werden, wo gigantische Teufelsrochen lauern ...

ISBN 978-3-473-**47154**-6

www.knickerbocker-bande.de

Ravensburger